底言木

扈嘉仁

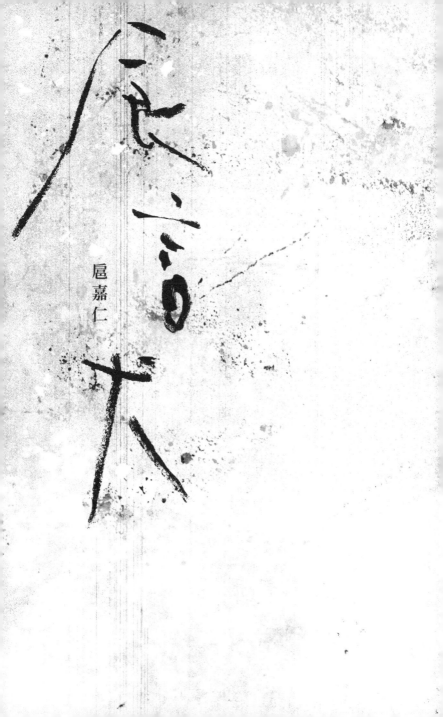

目次

1 眼神與手心

身體放映室 2

完色3

回家 4

・推薦序・

白狗跟在後頭

楊智傑

有論者以楊牧、夏宇為影響六七年級詩人風格的兩大支流，但八年級後的扈嘉仁及其同輩如林宇軒、蕭宇翔、洪萬達等，似乎已越過上述格局，完成屬於此世代面向更複雜經驗的調度與整合。在扈嘉仁的詩中，敘事者、抒情者與思慮者共存，多組相互悖反的寫作意志在《食言犬》中體現，既有「像一幅未乾的油畫／真好，不必倚靠造句／自己也能呼吸」（〈像一幅未乾的油畫〉）的類口語句構，又有「聽見雷聲我想起宇宙憎惡空虛／動力之蛇，在百萬座共時的水池閃現。」（〈宇宙憎惡空虛〉）的緻密意象群。這隻性質不明的「食言犬」是雜食的——社群、學院、日常生活，在多樣的經驗空間下，詩語言的「純粹」與單一，成為扈嘉仁首先放棄的追求。

在楊牧詩獎的評語中，羅智成提出《食言犬》（原題《從我體內分離的聲音》）「展現出一個性格鮮明，自信甚至略帶挑釁的，強悍的敘事主體」，然而在八年級一眾詩語言的叛軍裡，私以為扈嘉仁卻是相對溫柔的，不光在於題材的選擇上，更在於其音樂、結構、口吻上，並不急於展示性格、走向極端。甚至，說扈嘉仁是這個世代詩歌聲音的平衡者、調和者也並不為過。

舉例而言，《食言犬》中處處可見音樂性上遲疑和勇進的並存。「在車聲裡散步，在行道樹／聽聞風，在風中找到光線／提供給落葉的細節，在這／也在那」（〈共振〉），此處如賦格停滯、追逐者是聲音的遲疑，而「活在平白無故的耗損／我們，覺察造物的平庸／心生厭倦，起初是石頭／然後是房外小心增長的盆栽」則是口吻與意象的加速勇進，《食言犬》中不少詩歌的推進，即以上述的速度變化循環調控，最終完成意義。

識別音響之外，也該留意《食言犬》中的虛構為何虛構、現實為何現實。U2電影館、Hoydea酒吧、Ikon夜店、一人的遊樂場、大怒神……。「蘋，我的鼻息受洗髮精的氣味引誘／我已忘了大根，忘了在妳／之前是誰來過」（〈Ikon Taipei〉），「顥倫說等地獄相見，一起重建這樣的酒吧／人們會在烈火中死得不願再活」（〈Hoydea〉）。這是生活的遊戲，或者語言、敘事的遊戲？扈嘉仁關涉特定現實時空的作品，其口吻往往放肆而傷感，令我想及紐約派詩人Frank O'hara的詩：私密、狂亂、鬆動的節拍與形式——詩與生命的遊戲共享同樣有限的本質。

而倘如扈嘉仁所説，食言犬是「緊隨身後，將詞語吞入腹中。我在説話，牠在進食」，那麼〈萬華謠言〉則是集合了這隻犬吠、咬、暴衝、自傷自舔的各種神態（另萬華不知為何，似乎是不少我輩詩人——如成東、蔡琳森、蕭宇翔、我本人——混入寫實大廳的入口）。〈萬華謠言〉的組詩形式以「0」、「1」穿行，和少女小齊進入虛構與經驗、表關與裏關之間，真實的時間卻似乎如編號所示從未推進。「十九歲的小齊／在並非十九歲那年／拉著我在深夜萬華尋妖」、「從桂林路彎進西昌街／藍色鐵捲門前一排越南的石像鬼」、「孩子在沉默的沙盒中成人／在叔叔消失後某天，聽說房價大跌」。個人史與家族記憶交錯，在萬華這容納舊時代華麗並趨於衰敗的場所，但一切最終又可能是同義反覆的，像後面不忘跟著的那隻嚼食語言之犬：「走吧，像遛狗那樣子遛我」。

同樣值得關注的是那些無地點、無時間，只涉及抽象感官的瞬間之詩：「當你凝視我的胸口／凝視，就是電鑽高速在旋轉／胸膛緩慢長出花叢」（〈凝視〉），你和我的主體關係已無關緊要，主導的是螺旋的形狀、臟器的溫度、以及痛覺的本身。此外如〈空揮〉、〈紋虎〉等詩作，展示了扈嘉仁從虛渺中掌握肉體性和質感的技術，猶如對我等無知蠻人呈示除濕機製水的本領。這些短篇幅的感官小詩，與其他處理宏大、抽象或個人史主題的詩篇同等珍貴。

但在《食言犬》的諸種語言形變裡，最令我心折卻是單純的〈再見了，狗狗〉：「沒有了項圈／狗狗，你和我都將從／固定的散步路線得到解脫／在這最平靜的時刻裡／牽引繩拴著比狗／更白的牆壁」。死亡首先化作狗碗、繩子、項圈，這些物件在在提示死亡尚存，然而詩末，連死亡也被最後的物件——一片白牆抹除了，這在詩的結尾以無終結的音樂感呈示，是死亡之死。該說扈嘉仁殘忍，或者溫柔呢？或者，對詩歌的殘忍，就是對詩歌唯一的溫柔。

有一稍嫌浪漫、唯心，但我深信的說法是，青年詩人的第一本詩集，會藏有他的「決定之詩」——這不必是技巧最強、主題最特殊的火力展示型作品，也不一定是最深刻的自我揭露型作品，卻會在冥冥中不斷影響他日後的所有寫作，扈嘉仁的「決定之詩」是哪一首，那首詩存不存在這本詩集中，我無法斷言。肯定的是他的詩正在平衡中尋求著慢慢暗示的危險，像泛音、像弱光，「像折損樂譜，弦樂沒事一樣／繼續演奏」（〈聖徒的點字書〉）。

像跟在後頭的白狗。

作者簡介

楊智傑，一九八五年生於台北，畢業於清華大學。有詩集《深深》、《小寧》、《野狗與青空》。入選文訊一九七〇後台灣作家作品評選二十本詩集，獲邀任德國柏林文學協會二〇二一年駐會作家，並以詩集《第一事物》獲第九屆楊牧詩獎。

• 名家推薦 •

羅智成（第十屆楊牧文學獎評審評語）

這是一部充滿電影感的詩集，帶著高反差的光影、蒙太奇意象跳接的表現主義氛圍，訴說著沒落的街區、童年的記憶、生活的不幸與掙扎，十分具有感染力。

其中跟「小齊」有關的故事，佔據了詩集首尾的重要章節，可能是作者意圖以這個經營頗為成功的自傳性角色，來引領他眼中另類城市風景或生活場景的建構。故雖然有些小齊的詩作曾單獨發表過，卻與其它詩篇的腔調與情境相融，加上一些刻意重複的主題（motif），暗示了整本詩集的整體性；敘事者則藉由第一人稱熟練又疏離的觀點，用心而具體地演出現實世界的生活，一切是如此濃烈而紮實，甚至因此顯得有些超現實。

就風格而言，此書也是一本相當勇敢、另類的作品，對於基本書寫儀式的字句斟酌與經營巧思顯得漫不經心，散文化明顯，像口語一樣隨興，展現出一個性格鮮明，自信甚至略帶挑釁的，強悍的敘事主體。這一切特點加上歷歷在目的現場感帶給我很大的閱讀樂趣。

李進文（詩人）——

寫詩就是「將自己無限的打開」的過程。讀扈嘉仁的《食言犬》詩集，無形中也參與了他腦洞「打開」的過程。

他對文字和題材的經營，有自己的任性，「苦吟詩人拒絕自己／成為主題／拒絕在紅酒華服的晚宴／向別人討一塊麵包」，寧願苦力開鑿、實驗詩的句式，不肯隨俗。而意象，往往也能掌握浮動的技藝，安置不明確的含義，促其產生更豐富的意味。

詩集裡，流露野性，不受固定，彷彿他也不太顧慮旁人眼色，唱自己的歌，高低音轉換的節奏，只跟隨自我的聲腔與性格。寫法具彈性、形式跨幅大，既能放曠嘗試亦能細膩收束，流漾著一股生命力。

而這生命力，往往從他的凝視和側寫溢出。凝視，乃因他關心自我之外的他者，眷注「現實性」，以真實為底蘊，透過想像力轉化為詩質語言。

並且從凝視進入側寫，「側寫」在詩中頗具特色。詩人用心進入另一個人或另一種物象的故事之中，雕刻時光，再予以打磨立體。側寫在心理層面上，具有強悍的說服力。

側寫的技藝，除了深入人物，還必須對資訊、場景和情節進行歸納、演繹，例如他以半虛構人物「小齊」為主角的詩作。尤其，以〈萬華謠言〉中的小齊最典型。扈嘉仁以簡潔口語，穿越舊日，懷人且涉事，剪輯故事，如同一幅浮世繪。每當詩人用心讀懂他者，也就鏡像般讀懂了自己。

詩集中不論講的是挫折、悲傷或死亡，卻都能善遞情意，讓他的詩讀來更具溫度。

崎雲（詩人）

設定，破壞，看。在錄製與放映裡，一切具有日常感的行動皆寄予著嘉仁對今昔的思索、猶疑與掙扎，內心對種種關係的搬演與纏結。其強烈且具風格的表現，有賴於嘉仁在詩語言上的奔莽與修飾。有時如羅漢伏虎，大開大闔，實則字句斟酌、步步為營；有時如彎月輕巧一剪，因得巧勁，於是顯得瀟灑與俐落，留下警句與空間。

《食言犬》所吞下的，是未實現之實現，是字的哀憫與寓言。是即使「送別的鼓聲迎來第幾次漸弱／音符往下掉入最低的格線。」但還有大根、熊大、劉德華眉間誤點的黑痣，一再地前來提醒、召喚、警策。是詩人執菸與酒的手勢，挽留、放捨，火的蒼茫，與其本質的一種苦。是那些看似已然消逝的都將「寂靜——／你在小草尖端回頭。」般的與我們遙遙相應，甚好與大好。

李蘋芬（詩人）

肉身與靈魂彼此間離，詩人一直在尋找它的端倪，遂以此確認自己是這豐盛世界的其中之一。那麼豐盛但內在似乎是憂愁，虛空，看似奪取，其實在旁敲側擊，事物因此有了紋路。扈嘉仁在孤獨的遊戲中實驗著：如何在眼之所見之外的地方描繪深度（depth），這是如此困難，形象在他方，永不抵達。

煮雪的人（詩人）——

扈嘉仁熟練駕馭語彙，卻又不安於工藝，穩健的字裡行間總會撞見出格的意象。讀他的詩，彷彿靜心練習瑜珈途中，聽見窗外駛過一輛冰淇淋車——這是一種精神與物質的平衡。

楊佳嫻（詩人）——

扈嘉仁的詩意象豐繁，思維新鮮，像一束光線探勘黑暗，曲折鑽出感覺的迷宮，聚焦，映照，顯影，擴張。他勤於試驗不同字句型態的彈性，精工而不匠氣，大膽卻有其持守，且力道十足，到詩結尾處也並不下墜，總能帶給讀者翻一層的情與悟。

洪萬達（詩人）

初看完嘉仁交給我的詩稿，我驚訝於他對世界的觀察，到了一種著迷／執迷的地步。我想這同樣能體現於閱讀，嘉仁海量地「看」，看世界，學習世界，以至於我在裡面也看到了楊牧、楊智傑等人的詩歌影子，但是他並不安於此，反倒加入了自己的省思與敘事特色，從朋友真名入詩（這行為在中國詩壇倒是稀鬆平常，臺灣卻很稀罕）到輯五「回家」，作者置入了難能可貴且不易向他人展開（甚至，在文學創作中經常先被以「虛構」理解的）生命經驗，我們都能更進一步認識作者，理解作者，解開「食言犬」的意涵。

我首次聽聞「食言犬」，是我比起詩歌內容先一步翻閱後記，嘉仁寫「自己的聲音不斷分離出體」，最終形成食言犬，一字一詞的吃下作者唸出的話語。作者正如公司對產品規章有最終詮釋權，作者怎麼說，我就怎麼信了。直到我真正攤開詩稿，我閱讀的過程中體驗到的是一種「還原」，這些寫下來的詩不斷翻飛：「只是想到曾說要看海，食言了幾次」（〈鉛色的海〉），我們終於可以確信，食言犬也如其字面義，是一條失約的狗，是作者對自己的貶稱。可是當我們反覆翻閱詩稿：「你看我／跟隨影子安靜走回自己的身體」（〈跟隨〉）可以拼回原樣，那分離出來的食言犬最終歸返自身，原來我愛食言犬，一如我愛我自己。這真是一本從殘破走向完滿，靜美的詩集。

輯一

眼神與手心

1

聖徒的點字書

火焰：我朝思暮想的核心。
為了奧義，在無明混沌
保存手的潔淨
神明奪走我反光的眼睛
飛蛾碩大無聲，自黑暗中來

盤旋於時間的指掌
黑暗讓意識獨佔發光的潛力
——請將那本書交付我的面前

等待漫長，我已是受潮的火柴盒
收藏一切火光的棺木
語言請你推窗
為我開啟先於形象的風景

請將那本書交付我的面前
無法親眼見證美，我卻深信不疑

像折損樂譜，弦樂沒事一樣
繼續演奏。指尖，觸及靈魂的金弦

灰燼在黑暗完成一次告解：
為輕薄的罪業
愛與美善——我伸手
指尖擦過浮雕的經文，讓思維起火

在地上，焊接上升的修辭學
以恆熱的絕對，瓦解飛蛾
失靈的翅膀。讓我明白偉大的探索

無須仰賴什麼

一切皆源於心的礦脈
神明在暗中開採自身，借我之手
指腹的紋路——蜿蜒的探勘
在地下掌握浮動光火

我明白。噓，已然聽見
深邃的寶石完成它，最初一次打磨
我伸手闔上那本疲憊的經書
此刻它已老得不能再老

共振

在車聲裡散步，在行道樹
聽聞風，在風中找到光線
提供給落葉的細節，在這
也在那，有人在透過說話
擦亮另一人的雙眼，作為
共振的藝術讓我看看那裡

同時看向這裡，看見一群
玩鬼抓人的孩子，然後比
當鬼的孩子更早數完三十
提前發現所有的孩子，聽
他們的笑聲，和耳機裡頭
開始的前奏成為同一首歌

跟隨

——記外木山環海步道

左手山群，右手海風
撲面以猛虎之姿
一座平平的陰天放慢腳步
你領我走回風景盛放的低處
這裡，比一切都低
我們眺望流浪狗在沙灘嬉戲

狗兒跛腳，跳著、笑著
有人從面前走過也無暇分心
我們沿護欄朝北北西方向走
偶遇騎自行車的人
遛小孩遛狗的人經過
我們成為自己身後的背景，你說
步道上聆聽便擁有相同的風浪
多組海螺成對，醒自北海岸沙灘
收音海水的反覆，我們身邊有許多
話語在鏽蝕，更專注看風如何捏造雨絲
右手山群，左手滿是鬱結的浪花

一條折返的路看不見盡頭，你看我
跟隨影子安靜走回自己的身體

光線的擴寫

太陽轉動紡錘
萬物的根莖深入土地
長滿草木，也萌生疼痛

樹任光線鑽研它
頭蓋骨的孔隙，無法動彈
陽光飽含銳利的金色

總能在萬物的表面穿梭
刺繡色彩，同時將姓名賦予
存在主義的存在

世界唯影子仍像是自己
明證此身不仁的麻木，唯有影子
但也正被細微的觀照持續擴寫

紡錘與針線，生命與死
夜幕負責遮掩，彎月一剪
大地層疊上所有黑色的布匹

點石成金

活在平白無故的耗損
我們，覺察造物的平庸
心生厭倦，起初是石頭
然後是房外小心增長的盆栽
太陽供事物領受光澤
斑爛但不富有，時序中靜默褪色

在面前，彷彿可有可無
一截成金的手指
在不易的觸摸施展變術
起初是花園，為噴水池旁
張嘴的金絲雀留下沉默的歌唱
繼續伸手，只要
撫摸，懷裡的人逐個化做雕像
玫瑰與靠近都在腐朽半途
移入黃金的宮殿
靈魂的跨行
轉帳，每次抵銷一半的金額

我在虛耗中學會鋪張
打磨愛過的人，讓彈跳不能的心
持續發光，一具肉身堪稱寬敞
金庫般囤積世界匱乏的總量
我多想停止清點
停止以美奪名的橫暴——停止
活在金質的幻象獨自
完成一件事情
歉意，面對平庸我心懷
黃金的手藝，為一切
點明珍貴，就是精密的完全

世界，同時將一層一層脱落
如壁癌顯現乏力
成為黃金惡魔之前
擁有一次機會，從詩人變回
一個為生活而活的人
一個在痛感中流血
流淚健全的人
擁有過一次機會
但我選擇握緊雙拳
鬆手的一天，是善美
完全掌握一切的那一天

像一幅未乾的油畫

像一幅未乾的油畫
真好，不必倚靠造句
自己也能呼吸
攤在陽光下
光明正大
就像一幅未乾的油畫

一幅未乾將乾的油畫
顆粒狀滿身結果
是破綻，也好
光線正傾斜等待也值得
時間凝固起身體
顏色緊抱著它
層層睡去

宇宙憎惡空虛

聽見雷聲我想起宇宙憎惡空虛
動力之蛇，在百萬座共時的水池閃現
我在鍛造一個詞，要能搭橋踰越這所有的雷池

我肯定一些詞只供人划往另一個舊的
文法之網，我肯定它是二流詩人的避孕套
在絕對的手術刀免責疼痛，讓精神免於誕生

宇宙憎惡空虛，空虛往往是
平庸回報偉大的贈禮。一些詩歌貪婪的
弄壞思維的水閥，溫柔的流產，甚至

詩完成，僅僅是相信更貧乏的相信
創造縫隙，或為結束研擬逃脫的開始
於是更多人會說：相信成就某一種救贖。

而我憑什麼相信未來的人必將走進這？
憑我反覆推敲這一扇門。將聲音和象形越敲越重
借風湧入拳心，湧出一扇扇本就空的門

當風觸動你簷角的風鈴，我想你
會在百年後一樣的抬頭，肯定將再一次想起
彷彿我在雷聲中忘掉閃電的形象

減聲的琴

「琴弦從此不斷訴說，只因它們易於彈奏：切切的細雨處於和諧的參差中，此時，相鄰的琴弦便自動發出顫音，以任何事物不曾臻於的典雅。」

——卡西奧多羅斯（Cassiodorusr, 485-585）

池畔的琴手為大海拉琴
渴死想望成為海鷗的鴨子
琴音轉而哀悼，為一場遲來的雨
天空親近池水的速度，比遺忘還慢

我按緊琴弦，用力過度
有三種聲音傾斜
而共鳴，織起誘人的霧
一弦一柱偽裝成祝福
遠方船隻將在下個換行翻覆
水手們複讀雨水、琴音，憂傷的
水妖之歌他們假裝聽見

手擰開水龍頭，一首首詩
倒出更多的虛詞
遠離我，最後還成為了愛

雨滴啊，可願為了池子卸甲？
一一丟失聲音的琴弦
不知情底衰老
說話的手指緊緊，滴下血來
如是暴戾，且肅靜。

即興之一

當你說有什麼
像詩的時候
我都覺得事物在你眼前的樣子
比你沒看過的
每一首詩都好看一點

苦吟詩

大風吹
椅子被吹走的人
一生遁入苦吟
讓詩風
刪去自己以外的人稱
放任韻腳凶險

向虛構的石頭
重重拍擊
說一切的音樂，起伏
與遞迴，在無機物的表面
斧鑿出真理

形而下的愛少了
檯燈照舊點亮一生
苦吟詩人，在拇指和食指間
夾一只長長的鑷子
拼小而精緻的船
玻璃光折射，瓶中

透著一圈光暈的船身
而它是不會前進的

均衡勢必
刪去更多的不合時宜
即使刪，意味瞞
風中倨傲的自己更像是
文學史最冠冕堂皇的錯字
苦吟詩人拒絕自己
成為主題
拒絕在紅酒華服的晚宴
向別人討一塊麵包

雨季

十二月的雨慢慢的織
這巷子連著下一條巷子
傘下說話，聲音表面附著水滴
水敲打積水，修復自身的光之地毯
行人不留心，踩碎萬物的倒影
留下浪花一樣高的罵聲
鞋子即使濕透，仍有前進的義務

柏油路面持續鑿刻積水，是城市在
為誰發明文字？比語言更加古老。
新的雨線縫過，字母剎那間發明
剎那消失。不留下痕跡
一場雨結束之前
雨季先行成為宇宙的記憶

即興之二

在下山路上
遇見上山的人
他們心懷躁動的鼓聲
時而快
時而慢如腳邊揚起的風沙
想從細小的心眼
看遍大地

時而明白
一顆向上的心
還需流汗的身體
讓一切趕在太陽下山以前

憂鬱的阿特拉斯

當一記勾拳如閃電結束舊時代
衛冕失敗的拳王，倒地，聽天上讀秒
在四重纜繩前，仰看雁群平靜撤退
收復掌聲，收復年輕，與年輕的幻覺
拳王用他一生換來腰帶
再換大地的擁抱，視鬩鈴響般暈開
眾人如神啟拍碎黃金

當一記勾拳如閃電結束舊時代
擂台上空雷雲安靜看著
冠軍誕生的日子，高舉鍍黃昏的腰帶
以榮耀試圖抗衡衰老。天若有情
那麼憂鬱的阿特拉斯站時間的身後
沉默舉起一座天空的憂鬱

博學

——致傅柯

我在思慮一種普通的寫法
比如花草是大地竊取的星叢
比如地圖紙上錯落
法蘭瓷器和中國木湯匙
挪移縮減著距離

我在思慮有沒有一種可能
僅憑雙手讓形象無限的靠近
塗抹掉邊界然而保留
真實與幻象之間鏡面的詞
為完整宣稱透明

無數懸置的語詞
能否透過光線的反射交互
摒除相似性之外的雜質
為大宇宙，完成一本輕易
可以闔上的句法書

食言犬

約在這裡等我
我以剩餘的故事餵你
故事，總在將以前說罄
請看著我遺忘，看看你
在我遺忘細節的地方
長出明白的臉孔，狗狗

我開始看漏
你變得透明的身體
狗狗，你是不是還在
我的面前慵懶趴下？
所有故事都在
嘗試說罄以前
假如你忘記
我仍會說我愛你

蝴蝶

你闔上那本最疲憊的經書
此刻它已老得不能再老

一隻蝴蝶從指間竄出
飛出窗框，以複眼
貪婪的風景將萬物鎖住

唯心的神醒來
在你手掌心，睜開颱風的盲瞳
向麻木的內裏觀看恆定
讓時間停止
歌唱，讓雨的暴政在半空中調停
萬千水滴，下一刻將會
釋放動能那樣懸掛
蝴蝶拍翅——穿行，穿行之間
循這靜默反射的世界
將自己無限的打開

輯二——身體放映室

2

冰塊一樣的活

U2電影館——
與前任並肩逡巡在架前
我們惟此刻矜持，挑選屬於別人的故事

屏幕光帶著暗中僅有的顏色罩在身上
一部看了十遍的電影，我竟沒看完過結局
我們仍是各自故事的主角，冰塊

碰撞，在調劑失敗的生活裏靜靜化開
包廂在陣晃，沙發霉味

是愛的失落也是
開始，光是這樣值得我們追尋
一顆透明裸裎的心？冰塊般空洞

我像冰塊一樣的活
在一個分心的人身側——
久久冷漠
看著再度穿衣的人影散開水霧
開門，溢出了包廂

冰塊從身側滑回記憶的冰面
「那些發生過的事，我們都早有預料。」
電影持續播映，光是這樣
走出屏幕上的情節

冰塊一樣的活
聽見腳步聲在身後逐漸靠近，自己
更小的自己

徒步區，他的表情
一層厚重霧氣。電纜線為天空縫合起傷口

站牌前公車來了又走，光於是
從雲隙間細細篩落

這感覺像是冰塊一樣的死著
夏日午後，陽光積蓄人間的熱能將我
穿透，然後光是這樣子
打在我所消失的街道

即興之三

一度忘記過前任
再度想起的時候也想起自己
多年來對愛的誤解
發現愛在自己，始終是張白紙
在等待一種筆觸
足夠的輕

也足夠得重
彷彿原來已存在這上面的塗鴉
來自像你
那樣的孩子

膨脹

自覺來得稍晚
我如果發現——
菸蒂遠遠拋入池心
漫無目的我們在旋轉
那一段日子
荒唐荒唐

我們被過分忽略的
細節是妳。太快把臉
從即逝的表情轉過：當下
那一種荒唐便在當下
我握住氣球的絲線
自顧著地面遙遠

漸大的氣球，心態的俯瞰也
漸趨危險。是自覺
來得稍晚，當下來得遲些

當沉默以一根細小發亮的針
迫近的時候
我想說我明白

言之鑿鑿

走進教室，天花板比記憶低矮
我徘徊於課堂——語文課
一個穿鑿成性的幽靈
靈視黑暗在蛋殼內被黏合
頭頂上燈管積蓄光
抽象的名詞是光源

一雙雙黑瞳
在黑板和習字簿甲本來回
承受，新的字眼輕劃開
眼、耳、鼻、口，開鑿與世界對接的縫隙

「家」這個字不單解作屋宇（噢，
那是什麼？）
父親、母親，還有妳
（可是兩個媽媽都說……）
（老師為什麼要用女字旁的妳？）
純白粉筆，在名為黑板卻是綠色的

混沌鑿孔。
這之前二分法還未開明；
今天起你們逐漸明白貧富、美醜、明白
憤怒源自旁人的惡意，跟著看清話語
——由自身投出的匕首

遙遠的催眠外
我認出最後一排熟睡的孩童
我未做完的長夢
眼皮底下，黑暗是更適宜造物的
教室偏袒光明

而語言獨佔一切定義

從講台俯瞰眾多神情靜默，握一截越來
越短的白粉筆
在黑板寫下「我」
那恰恰是
七劃。七次尖銳的摩擦聲在空氣
一刻刻，鑿穿木然的面孔

後頭接應的句子還等待
我寫完，粉塵引誘人咳嗽

走下台搖醒那個，座位上打盹的孩童
光線注射進他眼皮間的黑點
我聽見蛋殼破裂，而殼中
安排好了什麼

工作時間

左手撐開橡皮筋
我站菜台，以八字完成一圈
餐盒和意念的封裝。得交付出去
得把我，交付給等待拆封的手
外場經理站身後安靜的看
客人在遠處微笑

談話聲傳不到這裡
胸口的節拍器已經完成設定
鈴聲響，站回雙腳
鈴聲響，左手翻轉了兩次
還是三次？數字，桌號或單號
偶爾被視線前方的事物打亂
廚房堆得太高的碗盤
洗碗機裡剩有廚餘的碗盤
最近被誰解除好友，下班後五點
要趕在郵局關門把一封信扔進窗口
偶爾有念頭被我當成雜訊閃過

偶爾有雜訊被我當成念頭保留
鈴聲響，左手完成兩次翻動
鈴聲響，右手撕下袋子，在黃色
綠色紅色的袋子撕下大小剛好的
那個。
大腦成功排毒，終於適應了重複
把節奏孤立的留給身體

早晨

設定好的鬧鐘
無數次將我拋入碗底
夢裡明明才下定了什麼
無關緊要的決心
被迫找回肉身
掙扎著自己，抱著自己起床
掙脫棉被看見

惱人的晨光集結
竄入百葉窗的孔隙
竄入肉身和靈魂的縫線
鋼杯和牙刷領我走至洗手台前
對鏡，看著自己嘔痰
看骰進眼眶裡的骰子
擲出成對但永遠的一點

墜

一隻鳥掉落在
牠俯瞰多時的影子
看著太陽緩慢在沉降
看大片大片的夜幕
鋪下草蓆
蓋上身軀
風聲吹響下

摩挲牠
摩挲大地

盯住山頭
用力定格的瞳孔牠甚至
只剩下了死
閉上雙眼以前
黑
是不是不存在結束的靜候
還來不及懷念天空
已弄丟僅存的
一小片影子

跳水

看見腳下侷促，一步之遙
天堂的台階，踩空便往地獄
跳嗎？跳。來都來了嘛
總是這樣，在絕壁和虛空之前
莽夫和戰士之間，慫恿對方投身
入水，其實沒選擇，穩住決心
只有放棄放棄，尤其要試著

將身體的慣性丟下
助跑開始了。綠樹叢，岩石的過目
即忘，都在你身旁撤退，放慢你
同時加速他人眼中試圖捕捉的
你。撲通，落水聲一陣掀起定格的水花
縮時攝影的連續，畫面完成以前
鏡頭前方的你，倒帶並且慢放
體內的時間，壞掉的幀數，感受著
引力在遊戲，向高處不斷疊放風景
目光之外是俄羅斯方塊，世界向上構築
直至落敗。恐懼，臉也不要
千萬不要朝下，體感漫長睜眼時尤其

像是交通事故在黑暗的播映室放送
死亡的可能性，只需一點位置的偏移
肉身被引力的鉤索捕獲，仍然
不停，在觸擊水面的瞬間，瞬間的
水面掀開千萬片拼圖，是風景
風景將於你爬出水面時，再一次完成
更鮮豔、乾淨，水花是你心的玻璃
被肉身重擊而碎，頓失了間隔
呼吸和空氣，雙目和光影，世界和
世界的你。你憋氣，按教練提醒的那樣
任身體向水中下沉，並等待自己浮起

凝視

當你凝視我的胸口
凝視，就是電鑽高速在旋轉
胸膛緩慢長出花叢
根莖連住腎、心、胃、脾
分離的官能經由光纖在傳導
只是凝視，也太過專注

讓房內定格成色塊成群的流出景框
房間脫離了你，讓你成為空間懸置的空間
我成為一株植物
全然靜止在你的意識
你把視線緩緩移開，我再無能看見
胸口閃爍兩下即變消失的花叢
一道漆黑的鑽孔，縮小
成為毛細的黑洞。

空揮

人工草坪的四方
光的蜻蜓彷彿就在這裡
預演著飛行軌道
預言白球
即將拋擲的一顆行星
此刻有個鏡中之人

在你身上描線
一刻刻，以圓規的刻痕
沿光推移的理想姿態
裁下圓周率後無數的你
拉普拉斯的甜蜜點
魔鬼的觸摸，聲響
來自無聲靜電
向前收束成唯一的
遙遠光點。停駐在呼吸，慢慢
漸小。慢慢——
漸明。彷彿以光計速毀滅的星體

紋虎

未成形的猛虎
亟欲掙脫抽象而搏咬
暴戾的張揚，疼痛
隨馬達切割的路徑
如此擴張暴雨

羅漢伏虎那樣子猙獰
一串念珠撞擊
鬆脫大氣的絲線
飽含完成的預兆一顆顆
打落我心識的草原

痛覺綿延為恆定的靜態
我將在半醒下察覺第一隻虎
從時間獲取最初的賦形
輪廓與色澤從虛空
釋放最初的老虎

草原靜寂無風
一朵薔薇以皺摺收斂自身
紅色散逸的香味，猛虎睡臥在側
在逐漸明晰的色彩中醒來
沉靜將頭轉過

如果世界是場電影放映

我們不是電影中的人物
意識到這點，你坐入電影院
匯集眾生影子的廳堂
將會耗費一生觀看故事
銀幕成像，許多「如果」在光照中立體

遠東有人被刺殺，北國戰車

在冰雪中劃開他鄉的冰層
一切一切，在相同一面銀幕重現
膠卷無限延伸，將遠近的風暴按時序
咬合、相黏，運轉中
投放全知的光窗
苦難在窗外，我們在窗內
搬演差不多的情節

如果世界是場電影放映
膠卷在黑暗中迴旋，一條癱軟的
世界之舌，吐不出某人用力吞嚥的碎玻璃

主題沉痛，麻醉輕微
坐末排偷情的愛侶輕觸手指
兩人碩大的黑影，在銀幕上吻成一個
我們觀賞故事，觀賞故事正被觀賞
兩件事弔詭，在弔詭中完成弔詭的世界

如果世界是場電影放映
是不是代表可以中途離席？
導演遞上台詞，「活下去。」
由深愛的人依序的說

還是說黑暗，讓眼珠無法偏離光線
無能暫停光線針織的痛感、快意……
當你閉上乾澀的眼睛，那些台詞無關緊要
卻仍在黑暗包裹的黑暗中穿過你
活下去。仍要你繼續觀看

輯三——完色

3

完色的夏天

筆刷盪開調色盤內的夏天
站上梯子，十九歲的身影被小齊
安放在沒完工的廣告看板前
一大片多麼空白，但她，不、那時還是
我們，等著幾種單調的色彩畫上
陽光從太過細節的指間流出
小齊，鼻音哼老歌的少女

穿插些髒話，中年歌星的抒情於是走板
劉德華眉間誤點的黑痣提醒路人——
妳在高處分心，而我演個朋友
專注的看妳

小齊，穿吊帶褲矮個子
口齒伶俐的少女。十七歲我學她
抽假菸，早早鍍上一口金牙
等年過三十身旁或許站了一排男孩
牙同樣的黃，只是不同年紀有不同
場數的戀愛戰績，但同樣忘不了小齊。

幾個夏天被蟬聲稀釋得像
妳音準難得唱對的老歌
正確的事很難同時想起兩件
而我記得前座的馬尾辮，也記得
說要去看海但食言了幾次
學會騎車，在好多年後備著懷念
但無用的西瓜皮，學會偶爾
一個人去接見無聊的大海
「顏料的藍比較好看欸。」我認真覺得

夢中幾次教會小齊告別的手勢

將憂鬱更安全的攢進肺壁
夏在遠去，仍聽見身後小齊帶鼻音的歌聲
我知道懷念從來不是解答
大樓撤下的廣告看板後來到過哪些地方？
我仍會回頭。回頭看見完色的夏天
而成為空白的小齊走下樓梯

朋友

喝醉了我感到安心
讓他載我回去，回到
來的地方也是前往的地方
沙發深沉
深沉接納我失意的身體
耳邊老歌多像沒有唱完的一天

還有吉他，還有鼓點
聲音從來不感到孤獨
偶爾睜眼看風景的倒退
偶爾呵氣在玻璃
霧散開就看見自己
朋友，你原來像那種
作為朋友的藝術

Hoydea

——致新光路上無酒不歡的夜晚

沙發區，聊天的音量
招惹鄰居又把瓶罐砸下
因為年輕這項罪行
我想我們通通是要下地獄的。
顥倫說等地獄相見，一起重建這樣的酒吧

人們會在烈火中死得不願再活
我們抬起頭，總以為會看見
從天堂跳下紛紛的肉體
「我們僅有的地獄
竟變得如此擁擠。」

也許往後站幾步
就能從門縫窺探現在
翔翔彈奏吉他，阿凱、垂華像默劇交換著對白
我正半透明的坐在他們與酒瓶中間
抖落手邊菸灰，笑瞇眼
和未來的自己交換了眼色

年過三十以後
我將隔著門板窺探現在
也許偷聽有人背誦青澀的台詞
女孩分享心事，我發現她耳際的黑痣
開闔的嘴型隔著空玻璃瓶在變幻
想開口說些什麼，有太多的人在說
比如小綠和他的琴酒
羅易和他稱之哲學的傷感主義

我們本該放縱
像審查未過而被消音的慶典

一支支菸在唇間燒灼未竟的語詞
菸絲在我的面前攀爬階梯
集結煙團，燈管照射下很像是我的靈魂
飛上天堂俯瞰，我想說沉默便能滯空
狙擊整個人間的憂鬱

大怒神

這一站結束
遊覽車駛離這地方
手冊上，遊園地圖少了我們
但相信總能找到彼此
脱隊後仍有人緊緊相隨？
憤怒的神明招降我們

排入眾人的行列

冗長排隊彷彿十七年
十七年僅是伸腳踏過一個台階
自由，接應的詞語該是落體
下一年妳將掉入盆地
好的決定，給妳太多可能性
我繼續在風城等待憤怒的神明
看座位上人們被高高提起
輕易的丟下，彷彿一場遊戲

難以定型的瀏海，跟強風
起舞，不規則的像在我們之間
所有刻意，禁不起半點撥弄
上升，意味下墜在倒數
妳用笑聲掩藏起恐懼
妳踏出風城，此刻目光所及
是否都將成為低處？

「十七層樓那麼高噢
敢不敢睜開眼睛？」我不忍看
妳所俯瞰的——

天空的單調，遊樂園虛假
以為抵達高處便能睥睨風景
十足天真，四周看清
是一巨大的機械懸置著
我們，高空中無法動彈
大怒神鬆手。什麼都沒法牢牢抓住
心有不忍，我選擇閉上眼睛
黑暗外，天空是如此親近大地
我們仍在其中懷疑

Ikon Taipei

大根教我做個野心勃勃的表演者
學會金魚在看得見的地方美麗
打量著缸內的瞳仁著火，逃入髒水
又瞬間熄滅。折射下，所有觀看都變得巨大
LED，七秒七種色光變換的頻率
拆換舞池中臉孔

117 ——— 116

蘋，妳向面前的男人索陌生的吻
漫長、深情。每張臉妳竟都能誤認
一個妳並不熟悉的前任

蘋，我的鼻息受洗髮精的氣味引誘
我已忘了大根，忘了在妳
之前是誰來過（舞池浮起空酒瓶、
塊狀的痰，和借來的證件）蘋妳，
怎麼哭了？我只看見一對漂亮的唇開闔
重低音，頭頂上四射的光柱開始
切開化石的心

ＤＪ台，手指插入成雙空洞的耳朵
攪拌，一群冰塊在
調劑失敗的生活中撞擊

蘋，妳知道，我根本不懂妳的悲傷
聽不見妳正說著什麼：嗶剝，嗶剝——
話語在空氣中破裂，更大的聲音驅動
我點頭。我們舉起溺水的鰭，汲水
陶醉於親吻，在彼此丟失的沉默中學會
沉默。　　而妳懂那並不意味懂

沒有主人的玩具箱
散場前最後的聚光燈打在
尋覓角度拼合的兩片樂高積木
蘋……如果清醒後妳，還想起這晚
我們每一個人都是野心勃勃的表演者

NPC的一天

踱步來回
在城門外
派發著話題
給經過的彼此
無關緊要的每日任務

我們在不同時代
穿穿換換同一套戲服
城門邊漫步
白天的對話框
框出好天氣
或差強人意的心情
一個人一生能有多少
問題等待耗損？

沉默以外的那些部分
短短一天就被複述完了

誰仔細
在觀察NPC
等待一種
肯定不會到來的衰老

天黑了我們再無話可說
晚上在餐桌和床
兩處來回走動
沒有任務。「……」沒事了。「……」別點擊我。
「……」我連沉默都要向好事者誠懇表態
全宇宙的無聊積蓄著同一種絕望

我頭頂上的燈泡
「……」
好吧其實
「……」
願意
「……」
為你呈現全宇宙的枯燥
繼續用游標說你想知道

一人的遊樂場

硬幣反覆
投入機器
我只想空轉時間
抵銷時間
所有螢幕都在黑暗中沉睡
一座喧囂的空城

誰還在遊戲

黑心的兌幣機
兌換遺忘的幣值
多少時間才夠
向自己買回仁慈？

走到哪都是禁菸標語
一路擲下更多菸蒂
還是走到了今天
還是忍不住開始搜羅

靜物般你，遭快門裁剪的光影
誰不是這樣子
試圖定義永遠？
篤定都是一次性的

朝水池投幣
原來願望
指向沒人相信的結局
原來語言只像語言
遊樂場喧嘩
行人穿梭成雙的惡意

螢幕光
將敵手的面目點亮
猙獰，像要置我於死地

替你夾下來的熊大
是不是太過時了
讓它再蒙上一點灰塵好嗎
在近窗簾的角落躺著
聽無關緊要的風鈴
將我的故事留白，和你
一起變老

然後不會記得是誰
在那天投下一枚硬幣

一個理論家的天文

——家綾二十五歲生日紀念

從二十四歲到二十五歲
妳在觀星台準備著一張
容納得下世界的長椅
還沒人入座的現在
保持耐心與好奇

我們一起保持耐心與好奇
在天文望遠鏡前調校著倍率
等著看過去向未來
遞交星叢的閃光

*

妳保有善良
把朋友都看得太過善良
不如意時在命盤和
唐綺陽之間找到逆行的天體

一年到頭看錯幾個人
確實是該為眼鏡
重配個度數了

二十四歲
總要把一些人
一些事給徹底看走眼
伸手撥弄掉鏡片上的灰塵
才可能意會過來眼前的透明
構成觀看人間的距離

*

說不上多遠的距離
挪動雙腳卻沒考慮走完
或許在車來以前一起
走入陰影點一根菸

我陪妳等 Uber
我想我也會搭上便車
從文山區前往隨便的哪裡

從二十四歲到二十五歲的今天
我看妳注意手機上車輛
在迷你城市緩緩挺進
預計抵達時間
重置了幾次

抱怨司機，那也沒用
抱怨天氣而總歸
妳還站在原地
這種等待
不再只是妳一個人的事情

我敢論斷任何概念都在延宕中完成
包括我們在內，星星想視作收穫
也都需要一雙穿透大氣的眼睛

Sikkim girl

——贈辰臻

記得你稱讚過那種
嗅覺為我代言的時刻——
茉莉。素馨。晚香玉。
在香水瓶
停止了生長，慵懶睡回梳妝台架上

十七歲的彷彿，已然一種高度
引誘手伸向過去的自己

引誘指尖順順滑過瓶身
想要在事物表面
將指紋一一贖回
所有的表面於是為傷感
備好施力點
香水瓶再也承載不了氣味
看見它在邊緣搖晃，掉落

看見自己伸手，去接
瓶身緩緩穿過透明的掌心

地毯釋放了瓶身，碎玻璃
妝點在我滿是毛刺的尖叫聲上
水漬安靜蔓延

氣味濃厚得只剩下厭倦
而散不掉的茉莉花
竟比我更習慣這一種寂靜

十月

十月，上鎖的季節
風由老舊裁縫盒
尋獲一把鈍剪
剪碎不規則
鋸齒狀的心
躺在腳邊

水池承受著金魚
陰霾的調色與快速填平的漣漪
雨勢在窗外
沉默縫入軟爛的土壤
我竟無法不想起妳
植栽下方的註腳

我仍不願弄明白每個以我作開頭的長句
語言處盛夏般
快速生長、稀疏睡去
樹長大

而深深埋下的
種子竟找不到我們

苦果高懸未落
遲遲無心
拆穿欲的生滅
平靜，彷彿
屬於抽屜的季節打開，被顫抖那隻手
提早關上

後照鏡

紛亂的意圖永遠都在
永遠在身後閃爍，逼迫我
選擇讓道給時間
讓風的進行抵達
速限被磨平的路面之外
一無所有的前方
為何前方為何

可怕
一路上綠燈
這麼連續
我卻不能不注意永遠
在身後的進行，曾在我身後的
至今都沒有成功抵達

鉛色的海

小齊。夢中走入畫廊
帆布上我還留著寸頭、抽假菸
快樂在煙霧中保值，說不上擁有多少
地下室網咖、惡意穿行的遊樂場
都在妳大膽的用色下抽象，卻真實
畫廊沒有盡頭，十九歲之後妳的風格
卻是我所不了解

只想到曾說要看海，食言了幾次
剩下的顏料都被妳帶著
去畫一張宏大藝術史，妳留下畫框
延伸條空白的走廊

當我真正接見這座海
五年、十年，仍找不到一種判斷的顏色
二十年，看著向燈塔並行的背影
只能不合時宜的為足印辯解
招風的自己，和另一個赤腳向光處
尋覓自己的妳，小齊——

漁船震晃，為停靠付出了太多
太多的徒勞。風拉動整面海的弓弦
迫使我來逼視光的遠去
塗塗改改的筆觸，細節在消失
我提醒自己正在遺忘

誤以為自己老得比海還慢
海忘掉所有人的故事
我仍記得兌現，約定但未踐履的旅行
大多時候，明白仍得回去
回中年早衰的身體，在時間的

拍賣會被以賤價拍板
遺忘的事遠比所能記住的
更多，更無所謂了

小齊，最後我將獨自擁有這片
更虛假的畫布，乾涸的顏料，陽光缺席
鉛所成色的固態之海
懸浮著空罐、寶特瓶和漁船
彷彿向畫中跳傘也能安全著陸
站起身，我拍落細沙的瑣碎
再一次發誓這是最後一次

同情岩石，在浪花中臨受時間
想起風也不曾回首自己
身後的得失

鏡中

（後來，我和小齊結婚了）鐘聲
看著自己笨拙握刀
切壞蛋糕迎來全場的哄笑
（後來，我著正裝走出口考會場）
——我聽見鐘聲
百年樓外闖入夕照

彷彿自己從未丟棄一次性的理想
伸手，盛接金色的羽毛

明天一旦變成我們
賴以回想的昨天

鐘聲從鏡中傳來，每當我努力去聽
竟無法篤定真實存在的，上一聲
光在無數鏡面上來回，穿梭把我
形影及精神映現為彼此的相對
我想抓住。「抓住此刻？」

不——散射的光粒
正重構著我在過去的分歧
一條條林中路，鐘聲樹影
挾持所有陽光向這鏡外之地倒下
我孑然一身的承受
可能的世界以它全部的重
與輕，安靜鎮壓我
我跪坐幻象包圍的房內
手伸得更遠，痛苦目視自己
在四面八方的鏡中走遠——

輯四——回家

4

回家

——記一個人的清明節

火舌吞吐著金紙，風嘶下灰燼
告訴我成熟意味不再起火
詩在火盆，事不關己的茁壯，想起
那房子，葬禮以後幾經轉手
熄燈了吧，生活過的場景如此洞穴

像臍帶剪斷，就為童年的脫韁
做足僅此一次準備。幼小的
我牽著爺爺越跑、越快、越遠——
家何時被回憶掌舵了？

爺爺在洞穴排放鐘乳石
尖挺而寧靜，黑暗中的管風琴
像是等待想起，想起是風
遺忘就永遠保持緘默。
河南鄉村的口音匯聚水滴——注下
頂替時間的刻薄，雕塑我

穿蝕那日後的空洞。兩腳站定在
暗中如石柱緩慢生長，「我終究是
活成一種他期望的樣子，但後知後覺？」

等白天過剩的火焰安份，鋪上鐵蓋
儀式性的結束，還得返還生活的祭壇
走進了電梯，等於深入寂寞的神經
在通明的曝光下我推敲節日的
過法與意義。獨自向上、向上
一棟大廈，沒有特別回家的人
都已回到他們唯一的家

鎖孔吃下生鏽的鑰匙
用力轉動我，房內黑暗一如洞穴
不曾有人造訪

公園

爺爺要我跟路過的行人
都說一聲早安
早安，老張爺爺和公園的長椅
曬太陽的銀髮奶奶，早安啊
她對我
也可能是對皺紋上的陽光眨了眨眼

不遠處推輪椅的阿姨
在我手掌小心翼翼
放上一顆沙士糖

散步才沒多久，太陽已經好大
吵著爺爺我要回家
老張爺爺又繞完了步道
操著鄉音說早安
我在嗚咽裡，依稀應了聲早
看他們長椅般坐入回憶
等到太陽幾乎在頭頂停駐

爺爺蹣跚起身
把一個越來越小的影子牽出公園的正午

再見了，狗狗

火舌舔拭你
積雪那樣厚重的毛皮
你不像洗澡那樣子抗拒了
我不敢去想像
灰燼的深處有沒有天堂

走近熟悉的家門
門推開，黑暗中寂靜
慢慢拉出我的影子
盛滿面前的空碗

我看牽引繩垮散在地面
夢見一片草原
空曠讓我想開口叫喚
但名字，是不是不該動搖
你那得之不易的奔馳？
你可以跑得更遠

沒有了項圈
狗狗，你和我都將從
固定的散步路線得到解脫
在這最平靜的時刻裡
牽引繩拴著比狗
更白的牆壁

扮家家酒

媽媽是她
朝空氣轉開門把
走到了戶外
從此明白門的用途，是出去
從此忘記進行中的遊戲

姊姊是他
只是輸掉最初的猜拳
就安靜飾演女生
飾演女生的安靜
不敢過問爸爸
洋娃娃與機器人
能不能合體？

爸爸學會
喝酒，賭博
他學會一種醉意

砸落牛奶瓶
碎玻璃在牛奶的表面閃光
純淨的白在地毯慢慢的暈開
他忘了自己還在遊戲
心中的爸爸還在長大

飾演自己的我
找不到遊戲室的出口
早晨，窗外傳進鳥叫
隔壁遊戲室歡快的談笑
我聽見四面牆壁

素白的沉默

聞到牛奶在空氣中質變
酸腐氣味沾染衣服
鑽入鼻腔、內臟
我蹲踞牆角，在漫長的嘔吐裡
試圖把遊戲暫停

賭徒回家

狄更斯寫過：那是最好的年代
也是最壞的年代。
他肯定是預言今天。我腳踩的皮鞋
開口笑，快步通過地下道
一個不夠格成為人物的乞丐低頭
眼角餘光偷看我，口袋搖搖欲墜的硬幣

我不讓它輕易掉落，在碗中擲出反正
——善良的餘裕我沒有，好運天賦
積存抽屜過期的發票
過期，紙山淪為了廢品
我無力將它打開
還等待一次意外中獎

有人在正確的亂世出生
中年英雄之旅走完
擁有了冗長後記，以靈魂
或傷疤，炫耀一個人做夢的資格

我推開沉重的門，走入絞刑場
老父按掉遙控器，螢幕外
降下僅此一句台詞：「不成材的東西。」
天花板漏水，水桶底部
穩穩承接句號般斷言的眼球
他關上電視機，一張臉卻仍面朝黑暗
我無聲數著拍——房租。伙食。
水電。學費，八拍
緊接下個八拍
破敗的地下道連接

子宮與墓穴，老家和租屋處
落魄中年，留守城市直腸的乞丐
供人領取同情的優越感
或許曾經孤注一擲
他們的故事，只有當人們看向碗底
才偶爾發明。求職履歷
妥妥包藏教授的黃金，我看見
未來我們衣冠楚楚，枕名貴的硬書
睡夢中仍繼續下注
當想像力鬆手，文章

人生，都草草得出了結論
是思想替我裝上義肢
賜我不全然的殘疾
雅房外，屋簷挑撥整夜雨勢
室友電玩的轟鳴侵擾單薄神經
蜷縮黑暗，我重複刷新郵箱
以食指拉動全心的希望
一個沉迷吃角子老虎的賭徒
仍將希望寄託在遲來的退稿信
知識，在畢業證書鑲上金邊
提醒我——此生大概是廢了

我把太多哲學家的話當真
在比現實合理的部分裏
錯過時機停損

房外的施工

出門前我一再確認鑰匙
隔棉褲口袋，凸出金屬質地
幽隱但尖銳的安全感
除濕機轉動房內黑暗的中心
「悲觀也是沒有關係的。」
妳這麼對我說過，是嗎？

我們曾為房間添購幾本新日記
租約開始好像
就學會用心生活，用更篤定的愛
去做愛。兩人並行飛入捕蚊燈遮罩內
的藍色世界。而窗外長時間施工
打擾當時太認真的荒誕和嚴肅

電鑽聲聲
竊密般闖入
兩人世界。窗框內我們虛構：
鷹架和鋼筋的拼合，性和愛的十年構圖

拉下了窗簾，彷彿闔上太陽的眼皮
我們在狂歡中建起地底的違建

曾經這裡，即將要造出輝煌的違建
但油漆臭味擁有了昨天
除濕機仍在吸入過多濕氣
（反正不是幸福在這裡剩餘。）

忘了關窗，窗戶外一堵過分白淨的牆
斜斜攀入影子，呈放射狀
吃掉黑暗較淺的這面

外頭施工結束了好久——
好久。日照權在最後失守，不要開窗
至少不易察覺，生活那唯一欠缺的
房間還等待我鑰匙
轉動唯一光亮的聲響

蛞蝓蛞蝓

錄影帶出租店在同樣的街角消失
同樣一部電影，看三遍
讓人回想起所有微小的細節
然後你也參加了幾場葬禮
有陽光的日子讓黑衣長出脊椎
站立，彷彿你的影子和你

交換位置僅此一次
蟬聲大力敲打蝸牛背上的鼓
催促你——過門的時間到。過得去
是門，過不去的就永遠都是檻了
成為蛞蝓，一旦沉重的殼掉落
再也無法慢得心安理得

陽光照射下
習慣寄居在他人狼狽倒地的影子
任故事，穿過的同時，擁有你
熟透的蛞蝓，可以用身上黏液撫順

路面層疊的凹痕。在說與不說間，聆聽
——循環的搖滾樂
蛞蝓，觸角伸長，像一支天線召雷
再次為人指認自己的一無所有
遲早會引火上身。
看慣沒台詞的電影，卓別林
伸手接過賣花女的玫瑰，此時
她的盲瞳已經痊癒，已記不得你
閃光，妝點你沿途爬行那一道軌跡

軟弱是不是會在鹽分當中消融？

晶瑩的善意，來自石頭
以及石頭般善於忍耐的心
蛞蝓，在自己的慢步裏被時間丟下了
搜集起他人壞掉的殼
像一個收藏所有不幸的專家
這座城市足夠迂迴：烈陽下、施工聲
計程車跳表收費，多繞了幾圈
黑衣的送葬隊伍來來去去
你用觸角收音。洩漏哭聲的孩童
目送你走遠，而迷路
便是找回的答案

蛞蝓、蛞蝓
丟失安居的殼，還要繼續爬行
倒行逆施的人不像你，對一切皆飽含恨
又恨得不夠徹底，繼續的
爬走一邊留下黏液。或者說，反過來
打從出生黏液便鋪整了身前的道路
蜿蜒、噁心。來自你——
推遠你——
送別的鼓聲迎來第幾次漸弱
音符往下掉入最低的格線。寂靜——
你在小草尖端回頭。

新生活宣言

我悄悄做了決定
要在生活開始以前
先整理好抽屜
預留給失物一些錯落的餘地
把書攤平，讓檯燈輕輕
舔濕陌生的故事
手機上鎖在床頭，走失的

不可親之人躲在書籤夾縫
靜默如字行間的暴雨
只不過，我悄悄做了決定
出門前戴起太陽眼鏡，決定要在
郵差包裡放一把剪刀與一盒蠟筆
彩虹在不存在的日記本上塗鴉
當獨自走過正午的空地
就沿腳邊把逐漸可怕的黑影裁下
於是我悄悄做了一個決定：堅信
要以生活顛覆耽溺。

萬華謠言

0

聽說只有孩子能看見什麼，聽說
牛眼淚、煙灰，與謠言
滴落在好奇的雙眼
人便走進鬼影幢幢的城市
耳朵貼上公園廁所緊閉的震動的門

耳朵貼上另一對耳朵
當城市的耳膜受孕
他們說，聽見妖怪誕生的聲音

1

十九歲的小齊
在並非十九歲那年
拉著我在深夜萬華尋妖
霓虹店招，助跑跳上屋簷的野貓
防火巷暗中
打量的視線落在身上

斜斜雨水不斷，燈暈下變換著色彩

走吧，像遛狗那樣子遛我
把成年的行蹤穿針
縫合起不曾並肩走過的巷弄

從桂林路彎進西昌街
藍色鐵捲門前一排越南的石像鬼
KTV傳來老歌，小齊說也曾是
一代人的狂飆與迷失

0

她未聽聞我舊家的故事
叔叔把脖頸掛上一條粗礪的繩
灰牆面，一只時鐘永遠壞了
秒針兜轉著圈
分與時，維持沉默的懸置

孩子在沉默的沙盒中成人
在叔叔消失後某天，聽說房價大跌

房外飆車的雷鳴

輕易擊落玩具積木小心疊起的高塔
但願閃電不在門口停駐
但願不是踩著暴躁腳步的叔叔
回來，當時我不知道
老房早在傳聞裡住進了妖怪

1

外人裝配著他們的眼睛
走進這裡，而妳警戒轉頭
小齊，只要他們還想看見什麼
我們將永遠在這裡站定

等待腳步聲和雨水
從身邊遠去

我放下雨傘
傘骨在風中已然解體
雨水洗滌過的巷角
仍舊髒污，棄物鏽蝕的氣味她說

廣州街，遊客腳步
在雙向匯流的動脈攢動
無數巷子蔓延出淤塞的微血管

站壁的中年婦女逕直走到我們面前
十九歲的小齊領我快步
通過衰老的慾望

她無法理解這裡運作時間的機制
然後眼前，沒有更多的然後了
小齊看見妖怪
小齊還是個孩子

0

民房二樓，是鐵門，我看著叔叔推開

生活偽裝的賭局

牌桌上，妖怪在遊戲
他們全部的底牌攤開朝外，盯著牌背打出
選擇，全盲的人跟從賭徒的狠勁

酒精，毒品，以及十分鐘
一千五的性慾。嫖客吆喝著砍價
越南少女操著她不熟悉的漢語
堅持自己，時間的價碼

我看見一群叔叔的鬼
在他輸掉年輕的地方勉強
租借人的臉皮

1

眼前一灘積水
穿白鞋的小齊站在那裡
轉身，讓純白裙裾在風中旋擺
她直直看向我，我身後髒亂的街景
「這裡還在償還，」她說：

「你所預支的年輕。」
從她篤定的口吻中我聽見天真
一種源自天真的傲慢
(因此妳才來不及變老?)

不等我反駁,她擠出最後一句台詞:
「活著的人才有機會償還時間。」
小巧的嘴微微揚起

巷子前,身下的影子詭譎,影子和
影子的影子——我和小齊

同時邁開小小的步伐
時間的行蹤，在觀光客獵奇的視線中無心
來回，紡就一個巨大的織體

聽說萬華藏匿著妖怪（還是幽靈？），聽說……

十月的熱風吹飛傳單
煙灰與無數腳印裡
傳單的文字再沒有人能夠看清
我看向她原本站立的，那小片積水
水面清澈，單單映出我的身影
一個萬華盛產的謠言

・第十屆楊牧詩獎受獎詞・

作為朋友的藝術

寫詩這七年，人在身邊來來去去，有的死了，有的活著但不會再回來。

有一次我在朋友的酒吧喝了爛醉，大斷片的那種。後來朋友轉述，我才知道當時自己，躺在柏油路上手舞足蹈，語無倫次，而且體重重得要命。那時候，我剛失去對我來說很重要的朋友，一個大學四年談詩論藝的朋友，上研究所之後我們對藝術，對做人，大方向都徹底分歧，這種決裂與訣別讓我感到絕望，我一心買醉，也的確成功了。

那天晚上有限的記憶，是我坐在朋友租來的車上，在後座，感受一顛一簸的馬路，聽著一首怎麼播也播不完的老歌。然後我憑僅存的意識，憑玩心，朝著玻璃呵氣，看著一片白茫茫的霧氣，看它逐漸化掉，然後在漆黑的鏡面看著自己，我的身影，就疊合在窗外不斷倒退的風景上，不動。我跟著整座城市一起出現，然後依稀聽見前座的朋友問我：「你還好嗎？」

我不記得自己有沒有回答，只確定當時因為即將「回到家」這件事，感到很安心。後來我逐漸明白，可以讓我感到舒服的創作大概也是這樣子，簡單，也過分天真，是一種作為朋友的藝術。他在某些荒唐，或荒唐後平靜的時刻，無私載著我，讓我睜開眼就發現周邊事物的細節，更從中發現自己。

這是前進，也是回家。

在這本詩集，我嘗試透過敘事（更精確來說是詩語言的敘述動能），讓那些存在於我生活周遭的人事，無關乎善惡、好壞（當然，這不代表我不在乎交了爛朋友，寫了壞詩）以我認為充足的細節，讓他們行動與說話。

對於這本詩集收錄的詩，我想說，他們都是我的朋友，見證了我很長一段時間的成長。

假如你們喜歡，那我想替他們說聲謝謝，更感謝楊牧老師作為我的詩歌啟蒙，老實說，我現在對領取以老師為名的詩獎這件事，是很心虛的。我很明白，自己現在的詩還沒有成熟到獲獎（不是自謙），但我會努力成長，直到成為不愧對老師的寫作者。

199 ——————— 198

・後記・

1

大學畢業，我從家中搬出，開始了我在讀書和謀生之間失衡的日常。在學院裡，為機智的辯術沾沾自喜，在三坪大的雅房，看著記帳本上日漸膨脹的開銷，塗塗改改，把自己送往中學課堂，面對孩子。然後週末，穿上不合身的廚房圍裙，在點餐機發出的叮叮聲裡，面對身體單調的韻律。下了班，我帶著書，來到學區附近破舊的學生酒吧，試圖在談話中找回自己。

這種介在「中間」的生活，讓我開始觀察生活暗藏的細節：孩子麻木的表情，背景各異的酒吧客人，他們如何說話，如何看人，如何在眾多的人當中，選擇向我開口。這時候，我的興趣從「知識」落回到人的身上，想透過寫作，保留住他們（以及我）即逝性的當下。不是踰越分際的代言，或讓任何人成為概念籠罩的對象，是把我的聲音置於他們之中，以對話取代靜物的關照。

我想在詩中處理經驗的細節，而且偏好使用敘述，返回當下的氛圍。我想將敘述的聲腔當成鏡頭指引，捕捉人事，而我在看見旁人的同時，經由他們的身影來定位自身。

2

二〇二一到二〇二四，我埋首在研究與創作，兩種文字殊途同歸的寄託，面對語言，開始心生焦慮，甚至可以說是恐懼。我感覺即便是最平實的抒情，作為表述主體的「我」，也都會在時間的磨損下，抵達空虛。旁人聽見的時候，那個活在句中的自己，已被棄置在一個無法挽回的地方。一首詩的完成是如此，當我事後念誦自己的詩歌，不也像是在見證自己以聲音的形式，不停分離出體？

然後，我想像出食言犬。食言犬緊隨身後，將詞語吞入腹中。我在說話，牠在進食，在進食中長出一具外人可辨的肉身，頂替我在語言叢生的書頁逡巡。

吃下言詞，鬼祟現身，食言犬很像是志怪小說，因言而生的存在。牠會隨著我對書寫之事的遺忘，從我的眼前消失。我被時間不停帶離說話的自己，而那是食言犬在他人眼前現形的時刻。我注定無法看清自己在言說中變成的「什麼」，這便是食言犬，一種在消失當中逐漸可辨的語言，我從牠身上感到不安，也為了讓牠長出，繼續動筆。

這部詩集，收錄了我在碩士班期間的作品；然後選用「食言犬」，這個頗為抽象的形容，代表這段時期我思考語言，在傳達與記憶之間的焦慮。雖然冒險，但我想嘗試在第一本詩集，將我對語言的不安與不滿，儘量以它矛盾的形質如實呈現，這便是我面向語言的寫作。

3

你即將闔上這本書，而我終究不會知道你從《食言犬》帶走了些什麼。我想閱讀，和書寫相仿，終究是自己一個人的事情，即使我們在現實相聚，面面相覷，試圖從彼此的反應中謀求「折衷」的，關於這本書的話題，但是很大程度，已無關乎創作，也無關乎閱讀。文字蓋棺以後，一個作者所賴以相信的，我想最多不過是種存在時差，而短暫的共振。

這種「時差」有時候讓我感到不安，尤其那些詩歌中寄宿的個人心事，已經在我幾近自我強迫的潔癖下，反覆安放、挪移，求得微小的視聽秩序；但我知道緊鎖的房門終究會被推開，透明不可見的身影，勢必隨之湧入，在我面前翻箱倒櫃。而我既不能阻止也毋須去阻止。只能繼續待在門戶洞開的房內，和房間一起等待意外到來的訪客。

完成以後的等待，有時卻是讓我充滿期待，一首詩甚或一個句子，經某雙眼睛很偶然的停留，或許抵臨此時，尚未可知的未來。

如果可以的話，那該要有多好。如果不可以的話，我想我還是會繼續創作，為當前的生活，也為了未來的讀者。

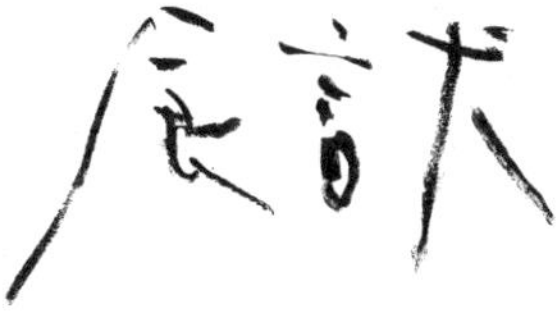

新人間430

作者——扈嘉仁
執行主編——羅珊珊
校對——扈嘉仁、羅珊珊
美術設計——吳佳璘

總編輯——胡金倫
董事長——趙政岷
出版者——時報文化出版企業股份有限公司
108019台北市和平西路3段240號4樓
發行專線—(02)2306-6842
讀者服務專線—0800-231-705・(02)2304-7103
讀者服務傳真—(02)2304-6858
郵撥—19344724時報文化出版公司
信箱—10899台北華江橋郵局第99信箱

時報悅讀網——http://www.readingtimes.com.tw
思潮線臉書——https://www.facebook.com/trendage/
時報出版愛讀者——http://www.facebook.com/readingtimes.fans
法律顧問——理律法律事務所｜陳長文律師、李念祖律師
印刷——勁達印刷有限公司
初版一刷——二〇二四年十月四日
ISBN——978-626-396-833-2
定價——新台幣三六〇元

時報文化出版公司成立於一九七五年，
一九九九年股票上櫃公開發行，二〇〇八年脫離中時集團非屬旺中，
以「尊重智慧與創意的文化事業」為信念。

食言犬／扈嘉仁著；— 初版 — 臺北市：時報文化，2024.10
面；公分 —（；）　ISBN 978-626-396-833-2（平裝）

863.51　　113014214